KB041877

목련 봉오리로 쓰다

시작시인선 0354 목련 봉오리로 쓰다

1판 1쇄 펴낸날 2020년 10월 30일
지은이 변종태
펴낸이 이재무
책임편집 박은정
편집디자인 민성돈, 장덕진
펴낸곳 (주)천년의시작
등록번호 제301-2012-033호
등록일자 2006년 1월 10일
주소 (03132) 서울시 종로구 삼일대로32길 36 운현신화타워 502호
전화 02-723-8668
팩스 02-723-8630
홈페이지 www.poempoem.com
이메일 poemsijak@hanmail.net

ⓒ변종태, 2020, printed in Seoul, Korea

ISBN 978-89-6021-522-1 04810
         978-89-6021-069-1 04810(세트)

값 10,000원

목련 봉오리로 쓰다

변종태

천년의
시 작

시인의 말

십 년 동안 흘러간 문장들이

섬 하나 만들지 못하고

저물녘 앞바다 노을로 잘름거린다.

집으로 돌아온 문장들을

어르고 달래 다시 날려 보낸다.

2020년 가을
변종태

차 례

시인의 말

제1부 지느러미의 시간

자울락거리다

　마당에서 돼지 껍질을 굽는다. 불꽃 조절이 중요해. 한 눈이라도 팔다간 잿더미만 먹게 될 테니까. 등이 말리는 기분으로 살아도 따가운 콩깍지처럼 눈물이 튀잖아. 고개만 자울락거리지 말고 어떻게 좀 해봐. 바람이 불면 억새가 자울락자울락, 불꽃이 흔들리잖아. 거기 바람 좀 막아봐. 지구는 오늘도 45도쯤 삐딱하게 서있어. 해가 뜨는 시간부터 네가 올 때까지, 제발 자울락거리지만 말고, 껍질 핑계 좀 대지 말고. 발끝을 스치는 뱀을 봤을 때 오싹한 등의 온도를 생각해 봐. 골목에서 버스가 오나 안 오나 고개만 자울락거리지 말고. 밤새워 분노와 좌절을 발효시키지 말고. 불꽃 조절 좀 잘 해봐. 등이 시커멓게 말리고 있잖아. 제발 자울락거리지 말고. 이리저리 흔들리지 말고, 미친 듯 바람이 불어도 제발 불꽃 좀 어떻게 해봐. 자울락거리지 말고. 네 등에서 어떤 목소리를 들은 것도 같은데. 자울락자울락 네가 타고 있는 것 같은데.

하늘공원 야고

난지도 새 이름 하늘공원에
만발한 억새풀 사이 걷다 듣는다.
귀에 익은 종소리, 물 건너 제주에서 듣던 그 종소리,
바람 불 때마다 딱 한 번만 들려주는 소리,
무사년 분홍 종소리 여기서 듣는다.
부끄럼에 상기한 볼, 아니란다.
억새 뿌리에 몸을 감춘 채
살아야, 살아남아야 했던 이유 있었단다.
잎사귀 같은 남편 산으로 가 소식 끊기고
돌배기 딸년의 울음소리 데리고 찾아 나선 길,
어디서 시커먼 그림자 서넛이
휘릭 바람을 타고 지나칠 때
아이의 울음 그러 막으며 억새밭에 납작 엎드린 목숨,
이제나저제나 수군거리는 소리 잦아들까.
틀어막은 입에서 새던 가느란 숨소리마저 잦아들고
붉게 상기한 볼, 딸아이 가슴을 텅텅 치며
목 놓아 부르던 딸아이 이름,
야고야 야고 야고.
핏빛 물든 억새 밑동에 몰래 묻어야 했던 분홍 종소리,
오늘 여기서 듣는다.
서울 복판 하늘공원 발그레 울려온다.

툭,

　양복 안감 솔기에 실밥 하나가 늘어져 있다. 담뱃불로 툭, 끊어낸다. 네가 툭, 하고 떨어져 나간다. 떨어진 자리에 툭, 던진 붉은 한마디에 여름이 온다. 툭, 장미가 핀다. 여름이 과속방지턱을 넘으면 초여드렛달이 진다. 달그림자 뒤편으로 매미 소리가 툭, 떨어진다. 아니 내 귀에는 툭, 툭, 떨어져 나간 네 목소리만 들린다. 골목은 휘어져 툭, 툭, 끊어지는 인연들, 하필이면 그때 담배 생각이 툭, 떨어져 나가는 담뱃재 너머로 후텁지근한 바람이 불어온다. 툭, 툭, 빗방울이 어깨를 건드린다. 참았던 울음의 솔기가 뜯어지기 시작한다. 와르르 폭우가 쏟아진다. 툭,

푸른 지느러미를 매다

붕어 두 마리, 세 마리, 네 마리

잘 꾸며진 연못 속에서 헤엄치고 있다.

너는 해맑게 웃고 있다 행복하니?

나도 따라 웃어본다 행복할까?

물비늘이 붕어의 비늘을 부드럽게 어루만진다.

어느새 연못은 목련 그늘로 가득 채워진다.

푸른 넥타이를 두른 채 붕어를 바라본다.

나와 눈을 맞추지 않는 붕어들,

마주치면 서로의 지느러미가 투명하게 읽힐까 봐

수초와 돌무더기 사이 붕어는 꼼짝하지 않는다.

\>

뒤따라 들어간 푸른 넥타이도 보이지 않는다.

내 안에서만 무한 질주하는 지느러미의 시간

지금은 전화를 받을 수 없습니다

무딘 과도로 사과를 깎는다. 풋사과의 얼굴이 두껍다. 여보세요? 발신자를 알 수 없는 전화가 울리다 끊어진다. 파랗게 질린 피부가 동그랗게 말리다 툭, 끊어진다. 여보세요? 맥락 없이 끊기는 전화와 까닭 없이 징징대는 사과 껍질. 천천히 껍질을 벗는 사과와 벗기는 손. 수화기 안에서 들리는 거친 숨소리, 여보세요? 사과를 깎고 나면 우린 헤어지나요? 다시 끊기는 사과 껍질. 다시 끊기는 전화. 북반구에서 시작한 칼질이 남반구에 이를 즈음, 여보세요? 당신은 저와 같은 날씨에 계실 건가요? 다시 끊기는 사과 껍질. 다시 끊기는 전화. 과도가 적도赤道를 지날 즈음, 끈적거리는 손가락, 여보세요? 사과를 자르고 나면 우리는 모르는 사람이 되나요? 무딘 과도는 위험해요. 여보세요? 피가 고이는 줄도 모르고 껍질 벗는 지구, 하얀 속살이 드러나는, 너와 나 사이를 지나는 우연의 칼날. 지구 반대편에서 걸려 오는 전화, 여보세요? 모스 부호처럼 끊기는 사과 껍질, 하얀 속살이 드러난 지구, 너의 하얀 목소리, 여보세요? 여기 보세요!

푸른 낙엽의 역사를 읽다

봄이 왔는데도 잎을 다 떨구는 나무
벌써 목숨 줄을 놓는 것일까.
아무도 모르게 발아래 잎을 떨구고
아무렇지 않은 척 초록을 척척 걸어놓는 것을
나무를 아는 사람만이 볼 수 있다.
발아래 떨군 이파리가 봄바람에 쓸려
구석에서 총성도 없이 사살되는 것을
남몰래 훔쳐보면서 초록의 눈물을 흘린다는 것을
한라산 자락 너풀거리는 녹나무 군락을 본 사람은 안다.
무자년 봄바람에 소리 없이 떨어지고
역사의 구석쟁이로 끌려가던 푸른 낙엽들이 있었다는 것을,
아직은 초록이 가시지 않은 채 떨궈버린
가슴 아픈 영혼이 있다는 것을,
무자년에 무자년이 다시 돌아와도
초록의 이파리를 떨구는 녹나무가 있다는 것을,
녹나무 가지에서 다시 새순이 돋아 나오며
초록의 눈물을 흘리는 것을,
현대사 교과서를 뒤지고 뒤져야 한라산 자락에 떨군
녹나무 씨앗이 싹을 틔우고 숲을 일군다는 것을.

긴호랑거미 씨의 재택근무

오늘도 오전 내내 전화기만 만지작거린다.
어제부터 주민센터 담당자는 연락이 없고
아이들이 학교로 간 뒤에도
날파리 한 마리 걸리지 않는
거미줄엔 바람만 들락거린다.
또 가로 정비팀이 철거 계고장을 들고 왔다.
수북이 쌓인 과태료 고지서는 누레지고
미세 진동도 느껴지지 않는 오늘도
작은놈은 학원비를 보챈다.
그제 저녁부터 굶고 한 일이 없으니
규칙적으로 누던 똥도 마렵지 않고
내 일이 없는 내일이 안 보이는
내일이라고 내 일이 생길 가망은 없다.
참새가 뚫고 간 구멍을 때워야 하는데
실젖*이 말라 거미줄이 나오지 않는다.
기다림의 끝,
3번 방사실 언저리 나선실에서 진동이 온다.

* 실젖 : 방적 돌기紡績突起.

20

그 여름의 흔적

바다와 집 사이
여름이 쳐놓은 둘레를 따라 걷고 있다
바다는 남겨 둔 채 모래를 만지작거리면
불현듯 일어서는 파도,
소라 껍데기 안은 태풍의 눈처럼 고요하고
건널 수 없는 너라는 수평선
바다 이쪽에서 저쪽 끝까지 걸을수록
허무는 안개처럼 피어오르고
지친 몸으로 골목을 들어서면
어스름이 바다 쪽으로 그림자를 눕힌다
파도는 어느새 마당 구석까지 따라와
십이지장을 헤집어놓는다
바다에서 나사를 하나 풀어버린 비다
손 우산을 쓰고 달아나는 연인들
바다에 종이배를 띄우고 사라져버린 아이
바다는 어디에 마음을 비우는 걸까
뜨겁게 울어대는 매미 소리만 요란한데
다행이다,
네가 떠난 뒤 바다가 텅 비어서

가화假花

계절은 통증으로 온다
가슴으로 속절없이 떨어지는 꽃잎 한 장
희다가 노랗다가 푸르다가 빨갛다가
생이 다 그렇지 뭐, 화르르
네 얼굴 하얀 이파리가 속절없이 떨어져 내리던 날
모든 거리가 속울음으로 하얗게 뒤덮여
분노의 밑바닥에서 봄이 솟는 줄 몰랐을 거다
말할 수 없는 통증이 다 그렇지 뭐, 화르르
네가 내 안에서 환희로 피다가 말다가 할 즈음
네가 내 안에서 두통으로 지다가 말다가 할 즈음
꽃이면서 꽃 아닌 네가 수북이 내리쌓이던 날
내게서 피어나더라니
내게서 지더라니
생生이 다 그렇지 뭐, 화르르
계절에 앞서 피다가 말다가 하던 네 얼굴
내 안에 발목 빠지게 쌓이던 네 슬픔
꽃이 거짓이란 걸 알면서도
꽃에 빠져 잉잉거리던 일벌들
눈으로 보이지 않는
손으로 만질 수 없는 너의 하얀 슬픔

내 안에서 화르르 피어나는
거짓, 그 꽃

사월, 그 나무

나무에서 한 사내 걸어 나와 띄엄띄엄
꽃 핀다, 죽음은 버금딸림화음으로
싱싱해진다, 서서 잠드는 전신주에 기대면
쓸쓸해, 다시 나무로 돌아가는 길을 찾을 수 있을까
있으려나, 과속방지턱을 넘을 때마다
꿈이 덜컥인다, 스위치를 찾을 수 없어
어두워, 사내의 등으로 무너지는
어둠에, 비가 내리면 젖지 않은 꿈자리가
축축해, 이름만 젖고 잎이 젖지 않는
이름을 잊은 나무에게로 걸어가다 보면
조등弔燈처럼 피어나는 꽃
스스로의 이름을 부르지 않는 시간이
길어진다, 세월은 흘러 흘러 바다에 이르러
퇴적된다, 바다에 발을 담근 채 키가 자라는
사월은 짠맛이 난다

상상금지

봄과 여름 사이 하얗게 그려진 횡단보도
중간중간 씨앗이었을, 새싹이었을, 꽃잎이었을,
무늬가 새겨져 있다. 스키드마크가
그려진 지점의 끝에 떨어진 꽃봉오리
아직 피지 않은 계절이 뒹굴고 있다.
중학교 일 학년이라던 경아,
봉오리처럼 입을 다문 채 횡단보도에 떨어진,
아니, 상상하지 말자.
봄에 피어나 여름을 건너 가을이면 튼실한 씨방에
열매를 맺을 꽃이라 생각하자.
횡단보도에서, 아니 꽃샘바람에
봉오리째 떨어졌다는 상상은 하지 말자, 이건
아니다, 아니다, 상상하지 말자.
시詩에서라고 어린 목숨 죽이는, 죽는 상상
비현실적이라는 말은 너무나 현실적이니까
떨어진 봉오리 꽃잎일 뿐이라고
상상이라고, 상상일 뿐이라고 부정해 봐도
아직 피지 않은 채 떨어진
저 순정한 봉오리.

너라는 노숙

뿌리내릴 곳 없어도 좋아. 네게로 가는 종이 계단을 밟고 허공을 걷는 마음, 어둠을 자르면 우르르 무너지는 계단. 아침은 약속을 깨버리기 좋은 날씨지. 눈빛이 녹슬어해도 썰리지 않고. 구름은 잠깐씩 끼어들어 믿음을 뒤집어놓지. 아침 식사는 영원히 끝나지 않았으면 좋겠어. 입가에 묻은 비아냥을 닦아내면 이내 해가 떠오르지. 그게 인생이야. 밑바닥에서 다시 시작해야 하는 가난 같은 것. 네게로 향하던 심장은 라시도레미파솔라. 절대로 들여다보지 마세요, 라고 외치는 악마의 음정 같은 것. 그렇게 궁금해서 보게 되는 손 구멍 같은 나날들. 한 계단 밟으면 두 계단 내려앉는 다리 아래의 진실. 아무리 먹어도 배는 자꾸 꺼져. 햇살은 위벽을 긁고, 난 딱딱하게 굳어버린 시멘트 벽을 피가나게 긁어. 눈물이 나. 진심이 아니라고 비웃어도 좋아. 해는 점점 복수처럼 차오르고, 나는 다시 패배를 맛보기 위해 아침을 기다려.

엑스트라를 위하여

살랑 바람이 불었다. 비명도 없이 쓰러진다. 쓰러진 뒤에 스스로 일어나 돌아와야 한다. 칼에 스치기만 해도, 총소리만 들려도 맥없이 쓰러지고, 피 묻은 얼굴로 스르르 일어나서 얼굴을 닦으며 총 대신 창을, 창 대신 작대기를 들고 솟을대문 앞에 서있다. 문득 새 한 마리 스앗— 내 곁을 스쳐 날아가자 스스스 쓰러진다. 순식간에 대문 안쪽도 비빔회 그릇처럼 초장이 가득한데, 난 초장 한 방울 묻히지 않은 채 그릇 언저리에 붙은 푸성귀처럼 널브러져야 한다. 컷 사인이 나고 긴 창을 추스르고 무대에서 퇴장할 때에도 머리 위로 새 한 마리 스앗— 날아가면 습관처럼 쓰러져야 한다. 스치기만 하면 쓰러지도록 메모리된 몸뚱이, 바람이 분다. 다시 쓰러져야겠다.

애기똥풀에게 전화 걸다

　스마트폰에 저장된 전화번호. 수신할 수 없는, 번호만 누르면 무심하다는 듯 툴툴대며 튀어나올 것 같은 음성. 강을 건너야 갈 수 있다는 그곳을 향해 바람의 주파수를 맞춘다. 자세히 들여다봐야 노란 웃음이 들린다는 애기똥풀. 그대가 좋아하던, 어쩌면 애기똥풀로 피었을지 몰라. 밤마다 노오란 실비처럼 내 창가를 적시고 있는지도. 문득 노란 꽃잎을 꾹 누르고 싶어진다. 작고 노란 음성이 통통거리며 서 있을 것 같아서, 투명하다는 건 그리움이 통과한 과녁 같아서 채워지지 않는, 너무 현실적인 비현실 안에서 그대의 이름이 투명해지는 낮 12시. 애기똥풀에게 전화를 걸고 싶다. 노오란 그대 음성 들리지 않을까. 망설이는 손가락 사이로 어느새 빠져나가 버리는 투명한 그대.

우울한 해도海圖

무표정한 얼굴로 설익은 밥알을 씹는다.
보배섬을 옆구리에 끼고 제주를 향하던 아이들의
재잘거림을 이명처럼 들으며
우린 어떤 언어로 노래해야 하는 걸까.
어떤 표정으로 바다를 바라다보아야만 할까.
초속 2미터의 물살도 법전法典의 책장은 뜯어 가지 못하고
푸르게 어린 얼굴들만 쓸어 가던 그해 사월
우울한 해도海圖를 펼치면 삼삼오오
가방을 지고 교문을 나서는 아이들의 모습,
아이들의 가방에서 우우우 쏟아지는 바다,
흐린 바닷물에 희망이라고 썼다가 지우고
가망이라고 썼다가 지우고
기다림이라 썼다가 지우고
절망이라는 글자만 물 위에 둥둥 떠다녔다
야간자율학습 마치고 가로등 꺼진 골목을 들어서던
부풀었던 꿈과 희망이 우리 앞에 널브러질 때,
입안에서 울려오는 해조음海潮音을 들으며
서걱이는 모래 알갱이를 씹는다.
툭툭 튀어나오는 방울, 물방울, 눈물방울들.

국수라는 말에는 수국이 핀다

　열무국수에 파랗게 질리는 소용돌이, 누가 휘휘거리나, 누가 수군거리나, 국수 그릇에서 수국이 피어난다. 파리한 국물을 들이켜고 국수라는 말을 입안에 우물거리면 수십 다발로 피어나는 수국. 필 때부터 질 때까지 색을 갈아엎는, 그대와의 관계도 그럴까. 무의식의 변두리에 피어나는 수국 무더기. 그대와 걷던 둘레길 반그늘에서 자라던 수국이 어쩌다 국수 그릇으로 옮겨 핀 걸까. 국수와 수국이라는 시니피앙만 한 입 우물거린다. 아직 지지 못한 가화假花 송이가 파리하게 고명으로 떠있다. 국숫발 끝에서 피어나는 수국, 수국값 얼마예요?

배꼽에서 잠들다

주머니가 잠깐 뜨겁다. 분꽃은 다홍으로 피어나고. 둥글거나 뾰족하지 않은 가을은 구멍 난 주머니로 스며드는데, 어디로 가는 거니. 떠나버린 그녀의 왼쪽 호주머니에 있던 동전을 헤아린다. 우스워, 동전의 크기를 가늠하다가 숫자를 잊어버리거나, 숫자를 헤아리다가 크기가 가늠되지 않는 일, 우스워, 어디로 가는 거니, 가슴 근육을 가늠해 본다. 다시 햇살의 결을 따라 꿀벌이 날아든다. 라파누이로 갈 거야. 그녀가 떠난 뒤에도 분꽃은 진한 다홍으로 피어나고, 그녀의 눈동자를 닮은 분꽃 씨앗, 까아만 라파누이의 밤을 떠올려. 한 번도 가본 적 없는 그곳에 초록으로 살아가는 원주민의 배꼽을 닮은, 라파누이로 갈 거야. 가슴 근육을 키울 거야, 머나먼 비행을 위해. 햇살은 뜨겁고, 분꽃은 다홍으로 피는데, 라파누이로 갈 거야. 주머니의 동전을 헤아리는 일은 여전히 어려워. 아직 오지 않는 그녀.

가지와 가지

상수리나무 가지에 태양이 걸린다고 가을이 오는 건 아니지
그림자가 마당으로 드러눕는 시간이 길어지면 배경음악도
없이 너는 멀어져 가지

그만 가지, 자동판매기에서 석 잔째 커피를 마시면, 납작
해진 그림자가 내게로 다가오지
이제 가지, 벤치 위에 바람이 시집의 페이지를 넘기지
그래 가지, 그림자가 페이지를 넘기며 웅얼거리지

시간의 소실점에서 분홍분홍 피어나는 애기동백을 오른쪽
에 두고 돌아가지, 시간의 죽음을 확인하려면 1초의 시간은
기다려야 하지, 저물어가는 시력에 돋보기를 채워도 너는 피
어나지 않지
부는 바람이 어조語調를 바꿔도 알아듣지 못하는 상수리
나무 가지

이제 그만 가지

제2부 잘못 내린 정류장

윈드시어* 경보

  '비행기가 이륙하는 시간'이 '바위가 떨군 이파리'에게 전화를 건다. 그 옆에 서있는 '텅 빈 가을을 울리는 벨소리'와 '바람이 수직으로 일어서는'이 '비행기가 이륙하는 시간'의 전화를 받는다. '녹슨 달빛 어린 풀잎'과 '컴퓨터 부팅 속도를 기다리지 못하는 이슬'은 그 시간 '바위가 떨군 이파리'와 침대에서 뒹굴고 있다.

  불안이 출렁이는 공항 대합실, 저마다 알지 못할 기호를 가슴에 달고 어디론가 전화를 건다. 걸어가다가 어깨 부딪쳐 실랑이하거나 여행용 가방을 베고 누워버린 사람들, 불안은 해독 안 되는 기호를 만들고, 해동解凍되지 못하는 생각, 활주로를 쾌속으로 질주하는 바람, 생각은 방향을 잃고 머릿속으로 불어댄다. 떠나야 할 시간, 떠나지 못하는 불안은 허리를 붙들고 타인에게 해독 불가의 기호가 될 때까지 휴대전화 속에 공항 대합실을 구겨 넣는다.

  오늘, 하늘길, 맑음.

---

* 윈드시어: 바람이 정상적으로 불지 않고 변형을 일으키는 기상 현상.

저쪽에 내리는 비에 젖다

잘못 내린 정류장

세 바퀴로 굴러가는 자동차를 보았습니다

늙은 능소화가 힘겹게 울타리를 넘고

출입 금지 팻말이 붙어있는 철조망 너머

꼬리 잘린 도베르만이 눈을 부라리고 있습니다

낯선 땅에 이민 온 표정으로

바람이 불고 있습니다

짝짝이 슬리퍼를 신은 여자가 유모차를 밀고 갑니다

움푹 파인 도로에 빗물이 고여있습니다

능소화가 웅덩이 쪽으로 손나팔을 붑니다

\>

붉은 자동차가 세 바퀴로 굴러갑니다

휘청이는 유월이 도로 위에 울퉁거립니다

배추흰나비 한 마리 붉은 담장을 넘어갑니다

비를 맞으면서 비를 맞지 않으면서

봄은 조울증으로 온다

아침저녁으로 울고 웃기
커피를 마신다, 설탕은 빼고
웃는다, 크림을 넣고 운다
끓는 물에 가루 커피를 넣고
휘휘 젓고 나서 다시 웃는다
웃다가 다시 한 모금 홀짝거리고 나서 운다
비가 얼굴에 날카로운 금을 긋는다
아프다고 운다, 비가 그치고 나서
커피 같은 황사 속에서 웃는다
울다가 웃는다
웃다가 운다
봄이다

개기일식

사과를 꿰뚫은 화살처럼
갸르릉 접속부사로 내리는 빗물
게다가그래도그래서그러나그러면그런데그러므로
날아와 심장에 얹히는 말처럼
누군가 먹고 버린 사과 뼈가 배수구에 걸려 있다
그럼에도불구하고가끔보통종종항상언제나때때로
다시 갸르릉, 물소린지 사과 소린지
부사 하나가 가슴에 걸려 내려가지 않는다
슬프다와 아프다 사이를 한 뼘쯤 띄고
외롭다와 괴롭다 사이를 한 발쯤 띄고
이 밤 그렇지만그리고더구나따라서오히려하물며지만
이쪽과 저쪽 사이를 접속부사로 건너다가
축축하다와 서럽다 사이에
징검다리를 놓는다.
저렇게 버려지는 게 사과의 꿈은 아니겠지만
지구 저편 테러 폭발음이 심장을 두드린다
가슴 복판에 떨어지는
쿵,
한참을 올려다본다
휘청, 붉은
달

현장부재증명

화장실에 앉아있었네. 전화벨이 울리는 동안 화장실에 앉아있었네. '생각하는 사람'의 기울기로 만유인력의 법칙을 증명하는 중이었네. 생과 사에 대한 사유의 계단을 내려가는 중이었네. 먹으면 싸야 한다는 것과, 태어나면 죽어야 하는 상관관계를 헤아리는 중이었네. 하필 그 시간에 전화벨이 울렸을 뿐이네. 전화벨 사이사이에 들려오는 팝송의 가사를 어렴풋이 들었을 뿐이네. 존 바에즈의 〈도나도나〉가 간간이 들려올 뿐이었네. '송아지들은 도살장으로 끌려가지만 그 이유를 모른다네.* 도나도나도나, 청승맞게 불러대는 노래를 비집고 전화벨이 울리는 줄은 몰랐네. '주인이 말했네, 불평일랑 그만해. 누가 너더러 송아지가 되랬니.* 창문을 넘어 드는 노랫소리, 묻지 마라. 왜 당당하게 전화를 받지 못했는지. 단지 화장실에 앉아 노랫소리를 듣고 있었을 뿐이네. 도나도나도나돈.

* 존 바에즈Joan Baez의 〈Donna Donna〉 가사에서.

24시뼈감탕집

언제부터 끓고 있던 걸까. 백악기 때부터였는지도 몰라. 남녀가 문을 열고 들어온다. 테이블마다 용암처럼 끓어넘치는 웃음소리. 포개지고 뒤집기를 몇 차례, 늘어진 몸이 잠깐씩 뒤척이며 끓고 있다. 뼈에 붙은 살이 홀라당 벗겨진다. 땀을 뻘뻘 흘리며 뼈를 훑는다. 남자가 사라지는 건 잠깐. 노을빛 사랑이 끓어넘칠 때, 어서 먹어, 어서, 살 붙은 뼈를 골라 여자에게 권한다. 어서어서, 뼈와 살이 녹아내리도록 냄비 안에서 뜨거웠던 순간을 끌어안고. 뜨거울수록 빨리 허물어지는 노을이니까. 어둠이 오기 전에 남자가 감자 한 조각을 건져 준다. 어서 먹어, 여자는 감자를 홀홀홀 불며 베어 문다. 감자는 백악기를 모르고 달콤하게 부서진다. 이제 곧 해가 질 거야. 어서 먹어 어서, 여자가 노을 속으로 걸어 들어간다. 찌그러진 냄비 안에 울리는 만종晩鐘. 앙상한 그림자만 남아 어서 먹어, 어서. 백악기 때부터 끓기 시작한 노을이야.

나를 팔다

제주도에서 달걀 장수들은
한 가지 물건을 들고 다니면서 세 가지를 판다.
'달걀 삽서, 계란 삽서, 독새기 삽서.'[*]
오늘 밤, 아들 녀석이 두드리는 피아노 건반에서도
$C^{\#}$과 $D^{\flat}$는 딴이름한소리란다.
문득 유월 보름달을 쳐다보면서
보는 이의 눈에 따라 달라질,
뱉는 이의 입에 따라 다르게 발음될
듣는 이의 귀에 따라 달라진
달빛이랄지, 월광月光이랄지
저 사물의 화려한 광배光背.
쏟아내고 나면 아무도 기억해 주지 않는
저 사물의 빛, 혹은 빛 같은 것들.
나를 저 달빛에 끼워 팔 수는 없을까.

* 독새기 삽서: '달걀 사세요'의 제주어.

괄호의 시간

투명한 터널 끝에서 기다리고 있을까. 투발루는 어디에 있나. 내 몸엔 원죄가 흐르고 있어, 유목의 피가 흐르고 있어. 백색의 태양이 새들의 머리를 빨갛게 달구는 노을. 바다 복판 한 무더기의 양 떼들, 영영 집으로 돌아갈 수 있을까. 투발루는 어디에 있나. 비행을 포기한 새들의 이름을 조류鳥類 명부에서 지워내면, 씻기지 않는 유목의 냄새, 해조음 울리는 투발루는 어디에 있나, 투발루는 투발루, 가라앉는 흔적들 따라서, 투발루는 어디에 있나. 바다 양 떼의 울음이 터널 속에서 들려오는 시간, 우우우 내 안에 쌓인 돌멩이들 늙은 돌탑이 혼자서 빈 기둥 어루만지며 어깨 들썩이는데, 시름시름 엉켜 자란 잡초들 끊어진 사랑이 찾아와 서성이는.

우

구름 사이로 떨어지는 빗방울을 헤아리다가
잊는다. 네가 오는 시간을 기다리다가
젖는다. 우산을 쓰고 방 안에 누워
고민한다. 빗물 사이로 수많은 꽃잎
쏟아진다. 함석지붕을 두드리는 빗금들
선線은 원래 소리가 없는 것인데
비가 소리를 만나 지붕을 만들고
내게로 와서 요란한 그림자를 만든다.
실금이 간다. 통증에서 비롯된 것들이
구름이 된다. 잠은 이미 구만 리
사선으로 내린 것들이 먼 시간으로부터 달려와
나를 감싼다. 불면은 불면 날아갈 듯
민들레 씨앗, 한밤의 몽정처럼 날리다가 거기
우산을 쓰고 창문 앞에 있는
비에 씻길수록 환해지는 잠,
달아나는 발걸음 소리
밤새 새까만 빗금을 그리던 빗살이
창가에 걸터앉아 기다리다가
우지끈 부러지는
雨.
雨雨雨.

이것이 무엇인가

뒤척이는 내 몸에 붙어 생피를 빨아대는 시詩란 놈, 아무리 두드려도 죽지를 않는다. 앵앵거리며 불면을 함께하는 이놈이 언제부터 내 정신의 피를 이렇게 빨아 먹는 것인지. 선홍색 피가 통통하다. 이놈을 무엇으로 죽여 줘야 좋을지. 키보드 위에 앉았다가 귓바퀴에서 앵앵거리다가 모니터 언저리에도 앉았다가, 손가락과 제일 멀리 있는 손등에도 앉았다가, 책꽂이 모서리에 앉아있는 저 시란 놈, 시집을 한 권 들고 살금살금 다가가 냅다 귀싸대기 때리듯 후려갈겼다. 사방으로 터진 시의 흔적들, 책꽂이에 선연하다. 시집은 책꽂이에 붉게 꽂혀 있고, 통통 뽈은 시란 놈은 없고, 책꽂이에 빨갛게 피어난, 저, 내 정신의 핏물.

花르륵

꽃이었으나, 지는 찰나였지

바람이겠지 떠나간 인연이었거나

스치는 길고양이의 수염 끝에 매달린

세 번의 겨울이 신호등으로 서있다

건너야 할 기회를 놓치고 기다리기를 다시

다섯 번의 여름이 꺼졌다가 켜지곤 했다

가지였으니, 가는 길마다 휘어졌겠지

물이었으니, 떠내려갈 운명이었지

자동차들 쌩쌩 지나가는 찰나의 사거리에서

꽃은 피고 지기를 멈추지 않는다

>

화르륵,

오다가 가다가 멈춰버린 철로 위 기차처럼

목련 봉오리로 쓰다

1.

봄 안개 자욱한 남도에 목필화木筆花* 피어납니다.
봄기운 듬뿍 받은 봉오리, 안개를 담뿍 찍어
당신들의 이름을 씁니다. 봄이 오는 이 땅,
한라산정漢拏山頂에서 탑동 바다까지
써도 써도 다 쓰지 못할 그대들의 이름,
봄이 오는 이 땅 구석구석에 쓰고 쓰고 또 씁니다.
당신들이 걸었던 산과 들과 바닷가
당신들이 울었던 곰솔 아래, 당신들이 속삭이던 돌담 아래
당신들이 숨죽였던 깊은 어둠에
당신들의 간곡한 이름을 새겨 넣습니다.
안개 입자만큼이나 많고 많은 당신들의 이름,
이 땅을 일구신 당신들의 이름,
역사는 기억도 못 하는 당신들의 이름을.

2.

오늘, 마당 가득 지등紙燈을 켭니다.
목필화木筆花 봉오리 화르라니 피어나
짙은 어둠 속 백등白燈으로 흔들립니다.
바람이 분다고 합니다.

바람이 불었다고 합니다.

바람이 불 것이라고 합니다.

사월만 되면 불어대던 광풍狂風,

수상한 바람이 불었습니다.

봉오리를 쥐고 흔들던, 그날의 바람, 목덜미를 스칩니다.

하지만 오늘, 다시 바람이 붑니다.

봄바람이 불어옵니다, 당신들의 이름을 어루만지는 바람,

붓을 쥔 손이 떨립니다.

안개 가득한 들판에 투명한 글씨로 안부를 묻습니다.

오늘도 안녕하냐고 묻지는 않겠습니다.

3.

제주 안개는 상처를 감싸 주는 붕대,

안개 아래로 새살 돋는 사월, 당신들의 이름을 부릅니다.

당신들의 손길로 어루만지신 이 땅, 제주의 하늘에

흐르는 안개 사이로, 당신들의 얼굴들을 보았습니다.

바람 따라오신 그 걸음으로 이 땅의 아픔을 어루만지고

이 땅의 내일을 밝히시는 당신들의 이름,

사월이면 제주에 목련이 피는 이유를 알겠습니다.

마당에 피어나는 목련 꽃송이가

그렇게 망설이며 피어나는 이유를 알겠습니다.
육십여 년 전 광풍狂風에 허망하게 떨어지던 목련 꽃잎,
상처 입은 목련 꽃잎들이 질펀히 드러누운 그 위로
다시 초록빛 바람이 부는 이유를 알겠습니다.
행여나 누가 볼까 소리 없이 떨어지던 목련 꽃잎,
그 순백 뒤 진한 초록을 머금고 있는 이유를 알겠습니다.
밤이면 조용히 흔들리며 피어나는 당신들의 이름인 걸,
꽃잎 한 장씩 열릴 때마다 아물어가는 제주의 아픔인 걸
이제야 알겠습니다.

• 목필화木筆花: 목련木蓮꽃의 다른 이름.

바람의 유적

유월 그믐밤 길고양이 한 마리가 창밖에서 부스럭거린다. 시켜 먹고 내놓은 그릇을 핥는 모양이다. 뼈에 붙은 살점을 섬세하게 발라내는 고양이의 노동, 밤새도록 바스락거린다. 소리 없이 다가와 머리맡에 쌓아둔, 읽지 못한 책들의 페이지를 뒤적거린다. 아직 뜯지 못한 포장지를 갉아대는 내 무의식 속의 고양이 한 마리, 설익은 잠을 갉아대는 발톱으로 저렇게 밤을 뚫으려는 것인지. 창밖 고양이와 내 안의 고양이가 번갈아 잠을 갉아대는 밤. 고양이가 흩뜨린 포장지 위로 바람이 지나면 누군가의 흔적이 페이지를 드러낸다.

초록섬

  우도엘 다녀왔습니다. 오는 길에 나도 모르게 얼른 우도를 주머니에 넣고 와버렸습니다. 지도에서 사라진 우도, 집으로 오는 길은 축축했습니다. 바닷물을 뚝뚝 흘리는 섬, 우도를 잃어버린 바다가 꿈까지 찾아와 철썩거립니다. 우도를 내놓으라고 호통을 칩니다. 아무리 주머니를 뒤져도 온데간데없습니다. 바다는 더 세게 으르렁거리고, 꿈자리가 사납습니다. 주머니를 뒤집어 보니 작은 구멍 하나 나있습니다. 집으로 오는 길에 어디선가 빠뜨린 모양입니다. 그래도 바다는 물러가지 않고 밤새도록 으르렁거립니다. 옆구리를 철썩철썩 후려칩니다. 지도에, 파랗게 출렁이는 바다에 초록의 사인펜으로 가만히 섬을 그려 넣습니다. 금세 파도가 잔잔해집니다.

쌍계상사雙磎相思

젊은 상좌가 일주문에 기대어
녹슨 못으로 경전經典을 새기고 있다.
돌아선 등 뒤로 계절 없이 칡꽃이 지고
연보랏빛 향기를 따라 인연의 몸살을 앓는다.
봄에 맺은 인연 가을 전에 시들고
가을 입구에 핀 인연 겨울을 건너지 못하고
뽑아낸 자리 피어나는 붉은 녹물
일주문 앞에서 자꾸만 돌아서는 강바람
뾰족 돋은 느티나무 새순도 고개를 접는
눈 쌓인 계곡 칡꽃이 피는, 설리갈화처雪裏葛花處
아랫도리에 바람이 일면
초록이 솟을 때까지 경을 음각陰刻하고
섬진강에서 맨발로 튀어 오른 물고기
다시 일주문을 들어서는 녹슨 바람
범패梵唄 소리 산굽이 돌아가는 그림자 불러 세우고
묻는다, 녹슨 쇠못으로 일주문에 새긴 경經,
아는지, 못자리마다 피어나는
붉음.

노을의 연인들

마당에 핀 동백꽃 속에 노오란 하늘이 들어앉았다
누가 누굴 끌어들인 걸까 끌어안은 걸까

바람이 불면 잠시 떨어져 밀당하는 연인처럼
구름 속 고래 한 마리 훼방을 놓는다

일렁이는 그리움이라는 노을이 짙게 깔리고
꿀벌 한 마리 잉잉거리며 숨어들어
온몸에 노오란 꽃가루를 묻히고 어디론가 사라진다

잠시 출렁거린 하늘이 제 몸을 가다듬는 시간,
꽃이 주춤거린다 색을 잃어버린 얼굴

어두워질 걸 알면서 끌어안은 불안이
생生의 전부가 되어버리는 순간
이별을 반복하면 사랑은 단단한 흙을 가질까

저무는 순간에도 꽃은 피고 지겠지
사라진 노을을 기다리는 일이 전부가 되어버린
노모의 눈동자처럼

\>

누가 누굴 차버린 것인지 놓아버린 것인지
마당엔 까만 눈동자만이 그득하다

시분할時分割

저무는 마당을 향해 앉은뱅이책상 하나 놓고
시계의 숫자를 헤아리고 있다.
봄 여름 가을 겨울 차례를 잊어버린 시간
세탁기 탈수되는 소리
뒷마당 강아지는 아침 달라 짖어대고
다 됐다고 밥 저어라 주절대는 전기밥솥
처마에서 뚝뚝 흘리는 빗물에 맞춰
괘종시계는 불알을 치고
벽에 걸린 TV 화면에는 눈이 내리고 있다.
주인공은 설원雪原을 뒹굴며 자빠지고
창밖 소나기 그친다.
잠시 책을 덮고 겨울과 여름의 중간에서
망설인다. 봄과 여름 사이를 겨우 지나왔는데
여름과 겨울 사이라니,
봄은 연초록이라는 문장 앞에서 한참 동안
망설이는데, 소나기의 문을 열까
망설이는데, 러닝셔츠가 축축하다.
낙숫물 소리, 또각또각.
시부랄.

벚꽃 아버지

라이터 불꽃 튀듯 벚꽃 핀다, 오늘 밤

문밖에 서있는 늙은 벚나무,

줄담배를 피우며 누구를 기다리는지.

연거푸 불을 켜대는 가슴 아린 봄,

아버지 가시던 날도 저리 불꽃이 튀고, 저 나무에

마을 남정네들 돼지를 매달았다.

버둥거리던 돼지의 몸뚱이 따라 흔들리던 저 벚나무,

그 힘으로 피어나던 불꽃,

어머니의 방 앞에서

오늘도 무수한 불을 켜대는,

줄담배를 태우시는 아버지.

제3부 허공의 피아노

의자라는 무릎에 앉아

무릎은 한 번도 쉬어본 적이 없다 나를 무릎이라고 부르지도 않는다 딱딱하다고 걷어차이기도 한다 건들건들 뒤로 나자빠지면 다리가 부러져 쓸모없는 무릎만 남기도 한다

내 몸에 기대어 사랑을 말하던 눈빛 나는 뛰어다니고 날아다녔다 새들이 눈부신 입술로 쪼아대며 귀를 간질이던 시간 우주를 떠받치고 있던 내가 무릎으로 기어 다닐 줄은 전생이라면 알았을까

누군가 내 무릎에 앉아 벽을 보고 있다 반쯤은 울고 있다 심장에 쾅쾅 못 박는 소리 나는 구부러질 줄 모르고 여전히 꼿꼿하다 그림자가 걸어 나와 내 무릎에 앉아 속삭인다 네 무릎 좀 줘봐 아무리 무릎을 내밀어도 눕지 않는다 벽보다 더 차가운 그림자로 사라진다 무릎만 덩그러니 남겨 둔 채

무릎은 직립의 그림자를 눕힐 수 없어 짐승처럼 하염없이 서있다

오! 십 대

오월 아침 출근길
기다란 운구 행렬이 길을 막아선다.
죽음과 적당한 거리를 두고 따라간다.
벚꽃이 하늘거리는 꽃잎 같은 날.
출근은 바쁘고, 죽은 이의 걸음은 느릿하다.
운구차 앞자리에 영정을 든 여자의 얼굴,
죽은 이가 신호등 앞에 잠시 서있다.
더 이상 서두를 이유 없는 그와
서둘러야 할 이유가 분명한 나 사이
벚꽃이 흐드러지게 떨어지고 있다.
삶도 죽음도 적당히 남겨 둔 오십 대를 앞에 두고
운구차를 따라 출근한다.
죽음을 붙잡는 산 자들의 법칙,
신호등 허락 없이는 마음대로 저승도 갈 수 없다.
죽음이 머뭇, 머뭇거리고 있다.
죽음의 속도를 붙잡는 빨강 신호등,
불이 켜지자 오토바이 한 대
죽음보다 빨리 튀어 나간다.
죽음마저 추월하는
오! 십 대.

헌 구두 한 짝

이곳은 수천, 수만 년 전 당신이 밟아버린 시간이다.
당신은 섶 떨어진 구두를 신고
자정 무렵의 시간을 서성대다가
내일로 넘어갈까 말까 한참을 망설인다.
그런 시간이 수천 년, 수수천 년.
다시 꽃잎이 피기를 기다린 시간이 수백 년,
코스모스 피어, 피어, 피고 지기를
수백 년, 수수백 년.
바람은 여섯 시 방향으로 불고, 비는 세 시 방향으로 떨
어진다.
당신이 신고 다니던 헌 구두 한 짝,
문밖에서 문턱을 넘어서지 못하는데,
일곱 시 근처에서 길을 잃은 당신의 헌 구두가
열한 시 방향에서 헤매는 걸 보았다는
소문이 흘러 다닌 지 수백 년, 수수백 년
그동안 당신은 달빛을 밟고
뜨락에 내려 나를 만드신다.
만드신 지 다시 수십 년, 그리고
짧은 시간이 흘러, 보이지 않는 헌 구두 한 짝.

수평선에 걸린 꽃잎

왼쪽 다리에 깁스하고 보니
창가의 제라늄이 삐딱하게 누워있다.
지구의 중력을 잊고 산 듯
허공은 상처 없는 통증을 밀어 올린다.
한 발 디딜 때마다 꽃잎이 출렁 차례로 넘어진다.
뼈가 부러진 자리엔 제라늄 붉은 입술이 향유香油처럼 번진다.
왼쪽 다리를 허공에 띄운 채 지는 꽃잎을 읽는다.
잡힐 듯 말 듯한 수평선 너머의 시간들,
지나간 상처는 모두 허공에 머무는 것이라고
네게로 가는 길이 끊어졌다가 이어지고.
수직의 벽마저 수평선을 꿈꾸는지
목발을 기대놓은 벽이 출렁거린다.
그때마다 네 모습이 보였다, 안 보였다
수평선 너머 네가 일어섰다, 앉았다
고무줄처럼 길게 늘어뜨린 허공의 시간들
네게로 가는 길이 끊어졌다가 이어지는
제라늄 붉은 꽃잎 하나 툭,

계단을 오를 때

계단을 오를 때마다 그녀의 형용사가 단단해진다
1층에서 2층의 중간쯤에서 비틀거리던 그림자가 한 뼘
쯤 길어지는 시간

파크 몽소의 회전목마는 텅 빈 채 돌아가고 벌겋게 상기
된 건물 벽을 담쟁이가 기어오르다가 제 색色에 겨워 한 잎
씩 흘리고 있다

가을이 다 가버린 것 같아
문장을 읽을 새도 없이 배가 고파진다
낮에 저 조등弔燈을 보면 화장하지 않은 여자 같아
삐거덕거리는 계단을 오르면
갈비탕 그릇에 남겨진 앙상한 가을 잔해

내가 네 계단을 딛고 오를 때
무릎관절 근처에서 붉은 담쟁이잎 하나 떨어진다

밥

길을 걸을 때는 금 밖으로 걸어야 해

어쩌면 나는 마루 아래에서 솟아오른 햇살일지도 몰라

길을 걸을 때 금을 그으면서 걷는다

많이 떠나왔다

집으로 가는 길의 햇살은 늘 무겁거나 슬프다

10킬로 쌀 한 포대를 옆구리에 끼면

별들이 포대 위로 하나둘 떨어져 내린다

별로 밥을 지어 별은 골라내고 먹는다

밥상 위 어지러이 뜨는 별들

금 밖으로 나간 별은 반짝이지 않는다

대문 옆에 서있던 빗자루가 별을 쓸고 있다

물고기의 호흡법

물에서 태어났다고 흐르는 은유로 말하지 마라.
물은 고여있으나 고여있는 것이 아니라서
흐르고 있으나 흐르지 않는 영물이라서
깊숙이 뿌리 박힌 소나무가 송진을 길어 올리는 일처럼
일상의 낙관적 은유를 낚을 때마다
햇살은 비관적 미소를 던지는 날씨라서
사람이 사람을 사랑하는 일은
물속 소나무가 거꾸로 서서 자는 잠이라서
물고기들이 입만 벙긋거린다고 사는 일이 아니듯
그렇게 사람이 사람을 사랑하는 일은
물고기의 호흡법을 닮는 것이라서
아가미로 뱉은 후 들이마시는 깊은 호흡과도 같은 것이라서
물속에 머리를 담근 채 오백 년 넘게 서있는 삶이라서
그렇게 다시 사람이 사람을 사랑하는 일은
물속에서 곧 숨이 끊어지기 전에
수면 위로 떠올라 긴 한숨을 내뱉는 일이라서
물속 은유를 삼키는 물고기의 호흡법으로
사람이 사람을 사랑하는 일은.

한 잎의 운명

아까시나무 잎사귀에서 너를 읽는다. 한 잎 한 잎 따내면서 중얼거린다. 네가 온다, 너는 오지 않을 것이다, 비가 그칠 즈음 아니다, 잎자루 끝에서 파르르 떨던 아까시나무 잎사귀, 네가 진다, 아니다, 너는 생생하게 차오를 것이다, 그 가느다란 떨림으로 지구가 돈다, 손끝이 조그맣게 떨렸을까, 잡은 손에서 가지가 돋는다, 아니 버스가 떠나간다, 내 생이 그렇게 떨렸던 것도 같다. 그렇게 쉽게 오지 않는 것이 버스라고, 아니다, 아까시나무꽃이 질 무렵, 네가 저문다, 아까시나무 잎사귀에 새겨진 생의 밀도密度를 읽으려던 시절, 아니다, 대합실 밖에서 내 생보다 훤칠하게 자란 아까시나무가 운행 시간표를 내려다보고 있다. 너의 손금을 읽는다, 사랑한다, 너라는 나를.

열두 시, 그대

봄비가 장대처럼 내리는 밤, 열두 시가 되려면 아직 4분이 남았네. 산에서 흐르는 물은 일주문一柱門을 향해 흘러들고, 지난가을 눈빛 맑은 청설모가 흘리고 간 도토리 한 알, 흐르는 물에 씻기고 있네. 일주문을 들어선 빗물이 도토리를 흔들고 있네. 자갈에 걸린 도토리 제자리만 맴돌고 있네. 그래도 열두 시가 되려면 3분이 남았네. 아직도 일주문을 지키고 선 도토리는 흐르는 물에 시달리며 흘러가지 못하네. 빗물이 일주문 앞을 쓸어내는 동안, 열두 시가 되려면 아직도 2분이 남았네. 눈앞에 없는 도토리와 눈앞에 없는 일주문을 떠올리며, 눈빛 맑던 청설모 한 마리를 떠올리는 순간 열두 시가 되었네. 봄비가 일 분 전 열두 시에 그쳤을 뿐인데, 온 산이 비에 젖은 채 가랑이 사이로 물을 흘리고 있네.

비교적, 여름

허공에 뜬 피아노가 바람을 탄주하고
말매미는 지구를 벗어난다.
띄엄띄엄 내려앉는 소리들이 계요등 꽃판을 두드리면
여름의 껍질을 다듬는 초록 손길들
중심을 잃어버린 새들의 비행은
종종 대기권까지 갔다가 돌아오지 않는다.
포구로 돌아오는 고깃배들은 바다에 깊은 상처를 남기고
아가리를 벌린 채 내가 추락하기만을 기다리는 여자
몰린 대마大馬를 집요하게 물어뜯는 바둑판
허공의 피아노가 반음씩 이탈하는 동안
울림판을 얻지 못한 암컷이
나뭇가지에 알을 슬어놓는다.
여름이 내장되고 있다.

개미를 읽다

나는 개미의 문장이다. 개미가 지나간 자리에 내 발자국을 찍는다. 딱 거기까지다. 거기까지만 개미는 존재로 읽힌다. 분명 존재하지만 보이지 않는 조그만 몸뚱어리에서 물음은 시작된다. 유有에서 무無로 끊임없이 뻗어나가는 개미들의 행진.

길이 끊긴 자리에 검은 점 하나 찍는다. 오독誤讀은 나의 오랜 믿음. 걸을수록 부드러워지는 인조 잔디에 눕는다. 무릎이 까지고 쓸리는 고통이 있고 나서야 부드러움이 독이라는 걸 안다. 잠시 행간을 깨금발로 짚어가며 개미처럼 오래오래 씹는다.

길을 걷다 발아래 기어가는 나를 본다. 내 발에 내가 오독오독 밟히는 기분. 존재도 의미도 만들지 못한 개미 한 마리, 다리를 타고 오른다. 내가 따끔따끔 나를 문다.

매일 배달되는 아침

뒷목에 빨대를 꽂아 나를 빨아먹는 그대,
마지막 한 방울까지도 고소합니까.
만족한 표정으로 입가에 허연 거품을 묻히며
빡빡 소리가 날 때까지 빨아대면
내 몸은 쭈글쭈글 낡아갑니다.
몸뚱이에 인쇄된 생의 이력,
가늘고 굵고 검은 선들이 모여
내 생의 이력을 저장하고 있는 바코드를
섬광이 스치고 지나가며 내 유통기한을 들켜버린
신神의 계산대에 나는 얼마를 치르고 지나온 것일까.
그대의 손에 내가 들릴 때,
설레던 느낌은 한 모금씩 사라져가고
알맹이가 빠져나간 뒤 사정없이 버려지는
몸뚱이가 가볍습니다.
맛있었지요?

납작

납작 엎드리는 게 습성이 되어버린
내일도 해가 뜰 것이라는 기대와
너를 만난 어둠 이후에도
동박새 한 마리 날아와 부리를 씻는
때늦은 채송화 한 송이 피어준다면
몸뚱이 위로 수많은 시간이 흐른 뒤
벌레 한 마리 바퀴에 깔려 죽어있다.
바람도 납작해지기 위해 흔들리는 거지
비틀거리는 건 쓰러지기 위한 준비
세상 가장 낮은 자세로 지구의 자전에 귀를 기울이며
서서히 말라가는 시간.
애초에 너의 밤에 나는 없었는지 몰라.
어둠을 잘게 썰어대는 빗소리를 들으며
어두운 채 내일로 가는 마지막 열차.
어차피 지고 말 것이라는 절망 사이에
손을 담그면 순식간에 흩어져 버리는 추억.
플랫폼에 기대어 아침을 기다리는 무화과
이마에 입을 맞추고 멀어져 가는 잎사귀 한 장,
저 자세로 여러 밤을 지새웠겠다.

꽃의 스텝을 밟다

봄의 가지 끝, 몽울진 자리마다 네가 피어난다.

필 자리, 꽃보다 먼저 올라온 ㄲ을

끓는 물에 띄우면 한 줄 문장이 된다.

꽃보다 먼저 피어나는 문장,

네 등에 적혀 있던 문장이 기억나질 않는다.

그게 꽃이었는지 잎이었는지

봄이 가고 있다, 노오랗게 우러나는 투명한 문장들

중간중간에 찍히는 구두점들을 띄엄띄엄 읽는다.

꽃 진 자리에 열매가 열릴 때까지도

돌아서던 네 등 뒤에 남은 문장이 기억나질 않는다.

꽃보다 훨씬 먼저 지는 문장,

네 등에 습관적으로 마침표를 찍는다.

새로이 돋아나는 하얀 ㄲ이 서로를 끌어안고 춤을 춘다.

입안을 맴돌던 문장, 문장들이

슬로우 슬로우 사부작 퀵 모던 댄스 스텝을 밟는,

아직도 그 문장이 기억나지 않는다.

꽃으로 피지 못하는 투명한

봄.

인터체인지

그대와 나 사이에 8차선 도로가 있다. 무수한 시간이 흐르는, 건너편 인도를 걷는 그대에게 노란색 문장을 던지면, 횡단보도 앞에서 빨간색으로 변해 버리는, 신호등은 바뀔 생각이 전혀 없는 것처럼, 그대와의 사이에 무연의 시간이 흐르고, 수없이 많은 신발이 가을을 밟고 간다. 그대와 나 사이, 8차선 도로는 고사하고, '와'라는 한 글자뿐인데도 내가 던진 문장은 횡단보도에 걸린 채 건너지 못한다. 길을 걷는 사람들은 검고 흰 단어로 누군가에게 전화를 걸고, 붉은 혹은 갈색 기억을 안은 채 집으로 간다. 횡단보도 앞에서 붉게 피어나는, 그 사이 가을이 왔다, 고 느끼는 순간 겨울이 왔다. 하얀 빗금이 걸음을 막아서는 가을, 초록불이 켜지기 전에 겨울이 깊어지고 있다.

어둠에게

책상을 찍어대는 연필 소리 슬로우 슬로우 들린다.

어둠 속에서만 눈을 뜨는 그대,

강으로 흐르다 돌부리에 걸린 여울처럼 퀵 퀵. 휘돌아 나가다 나뭇잎 슬리는 도랑 옆, 옹송그린 그림자.

수십 년 전 날개를 접고 슬로우 슬로우 지나가던 풀무치. 그 옆에서 퀵 퀵 16분음표의 꼬리와 기둥을 뜯어내면 머리만 남은 채 점점 길어지던 목소리, 누군가를 부르는.

물가에 산란産卵하던 그리움. 손톱으로 칠판을 긁는 소리가 슬로우 슬로우.

기다랗게 꼬리를 물고 퀵 퀵 사라지는 그대.

물은 어둠으로부터 왔으니, 그대에게 돌아가는 것들은 슬로우 혹은 퀵.

그림자 사냥

오래 굶은 길강아지가 앞서가는 그림자 따라간다. 컹컹 짖다가 꼬리를 흔들다가 자신의 그림자를 뜯어 먹기 시작한다. 앞다리를 씹고 뒷다리를 씹고 꼬리를 씹고 귀를 씹고 씹고 씹어도 씹히지 않는다. 물고 뜯고 흔들어도 씹히지 않는 귀, 밤이 오는 소리에 놀라 쫑긋 선다. 공원 벤치 밑에 엎드린 채 그림자를 씹고 있다. 밤새도록 씹을 요량인지 씹을 때마다 갸르릉거린다. 그림자가 점점 길어진다. 귀는 벤치 아래 묻어두고 소리를 따라간다. 길어졌다 줄어들기를 반복하는 그림자, 문득 그림자 끊긴 뒷골목에서 과자 부스러기를 핥는다. 전생을 핥는다.

호두나무의 생리낙과生理落果와 보이지 않는 힘
의 상관성에 대한 소묘素描

문득 누군가 내 머리를 두드렸다.

무의식적으로 컴퓨터 키보드를 눌렀다.

다시 서너 차례 내 머리를 두드렸다.

다시 서너 차례 키보드를 눌렀다.

누군가의 손이 머리에 얹히는 순간,

얼른 뒤돌아보았다.

엄청난, 거대한, 막강한 아무것도 없었다, 누군가

내 머리를 두드리는 저 불길한 힘,

내 손가락을 움직이게 하는, 저 불길한

모니터에는 노란 염소가 가을 벌판에서

노을의 한 모서리를 베어 물고 있었다.

제4부 도돌이표 무한 반복

버려지는 바깥

　나는 밖이라는 말보다 안이라는 말을 좋아한다. 속이라는 말을 더 좋아한다. 껍데기나 껍질보다 살이라는 말을 좋아한다. 마당 감나무에 간신히 매달린 까치밥, 까치보다 직박구리가 먼저 찍었다. 찍다가 남긴 속살은 참새가 찍고, 나머지는 동박새가 찍었다. 아무리 소리 지르고 내쫓아도 그 순간뿐이었다. 잠깐 가지를 옮아앉았다가 새란 새들이 모두 내 안으로 파고들었다. 단맛이 나는 부위부터 찍고 찍다가 감꼭지 같은 입술만 남겨 두었다. 힘겹게 도와줘요 소리치지만 내 안에는 그 소리를 들을 귀가 없었다. 안으로만 그렇게 스며드는 내가 감나무 꼭대기에 매달려 있다.

나무가 자란다

굳은살 박인 날이 저문다

대문 앞에 서있는 멀구슬나무

잊고 있는 사이 몸매가 제법 단단해졌다

근육질의 미끈한 시간만 남아

벽에 걸린 사내가 정중하게 인사를 한다

장례식장 두 곳에 들러

본 적 없는 망인에게 인사를 하고

아무렇지 않은 표정으로 살아남은 사람들을 위로하고

쉽게 떨어져 나가는 갈비 조각을 헤아리다가

언뜻 거울에 비친 내 모습이 슬퍼 보여

보지 않아도 앙상한 내 영혼의 물기를 털어내며

거실까지 따라 들어온 멀구슬나무가 웃음을 흘린다

큼큼하는 습관을 고치지 못하고

하루치의 욕망을 다 써버려

정치 뉴스를 보면서 욕도 못 하고

죽은 바다를 묻다

바다는 아스피린 삼킨 강아지처럼

거품을 물고 길게 누워있다

먼 수병선에서 번져오는 붉은 노을

강아지 눈동자 속으로 빨려 드는 하루

늘 푸른 어머니,

밀물이 노을을 몰고 오네요.

노을빛 수의壽衣를 입혀도 될까요

물든 바다를 마름질해 주세요

에메랄드 컬러의 실로 스티치를 넣어주세요

입가에 바글대는 파도는 프릴로 달아주세요

어둠이 벌써 감나무를 덮쳐 와요 어머니

에곤 실레*, 혹은 대합실

심심할 땐 뭐 하니? 비행기가 연착된 대합실에 앉아서 심심할 땐 시계를 봐. 째깍째깍, 비행기가 구름을 찢으면서 달려오는. 그럴 때 구름은 단단하지. 활주로에 비행기 바퀴가 닿는 순간 가슴에 스크래치를 남기는 기다림은 구름보다 단단해. 초침이 한 번 움직일 때마다 너를 생각해. 그래도 심심할 땐 구름을 읽어. 이륙에서 착륙 방향으로 읽다가 다시 한 바퀴 선회하면, 구름은 금이 가고 그리움은 더욱 단단해지지. 공항 울타리에 가을을 필사하던 볼 빨간 피라칸사스가 구름 방향으로 붉은 방귀를 뀌고. 심심할 땐 뭐 하니? 시계가 들려주는 이야기를 듣다가 시간의 흐름에 끼어, 발걸음을 돌리고, 기다림은 부드럽다고 고치고, 너는 오지 않을 거라고 고치고, 그래도 심심할 땐 이륙 전 대합실에서 마신 커피를 생각해. 도대체 실레는 언제 오지?

---

* 에곤 실레: 구스타프 클림트와 함께 20세기 오스트리아 미술을 대표하는 화가.

팽, 나무

새잎 필 때 총알 스치는 소리, 팽—
연둣빛 탄환이 귓가를 스칠 때마다
나무는 온몸을 부르르 떨곤 한다.
밑둥치 지나는 바람에서
눅눅한 이데올로기의 냄새가 난다.
마을회관 옆집 오 씨 아저씨네 대청마루에
묵은 팽나무 잎이 바람에 슬려 와 쌓이고
다시 슬려 마루 밑으로 숨어들 때
연둣빛 탄환이 수없이 쏟아지는 마을회관 앞 정자나무에
꽃인지 잎인지 구분도 안 되는 사람들이 줄줄이 몰려들면
나무에 기대섰던 죽창들이 쓰러지곤 했다.
쓰러지는 힘으로 다시 팽나무는
연둣빛 총알을 쏘아 올리고, 밤이 늦도록
어둠은 찾아오지 않는다.
밤새도록 연둣빛으로 물들던 여름 숲으로 숨어들던 날,
푸른 잎사귀 하나 어깨에 떨어져 내린다.

달빛 담론
―사람들 흩어진 뒤에 초승달이 뜨고 하늘은 물처럼 맑다[*]

귀 한번 만져봐도 될까요?[**]

창밖엔 초승달이 떴어.

창문을 열어도 될까?

전깃줄이 초승달을 채 썰고 있어.

아니, 귀 한번 만져봐도 되느냐고.

바람이 차가워졌네.

가을인가 봐, 귀뚜라미 소리가 들려.

저 벌레들은 꿈도 안 꾸나 봐.

아니, 네 귀 한번만 만져봐도 되느냐고.

초승달은 여전히 실눈을 뜨고 우릴 쳐다보고 있어.

저 너머 숲의 실루엣 좀 봐.

나이트가운을 벗어 내리는 여자 같아.

내 말 듣고 있는 거야? 귀 한번 만져봐도 되느냐고.

가을 초승달은 너무 차가워.

찌르르 찌르르 내 뒷덜미로 전기를 보내고 있어.

제발 내 말 좀 들어봐.

네 귀 좀 만져봐도 되겠냐고.

오늘 밤 네 귀 참 밝다.

[*] 펑쯔카이(豊子愷) 그림의 화제畵題.

[**] 영화 〈경주〉의 대사 차용.

은행나무 아래서

기원전의 나를 해독하는 일은
오래 살아온 동굴의 벽화를 해독하는 일
지린내 풍기는 삶의 벽에 굵은 나무 하나 그려 넣고
맨손으로 은행을 까는 일
노오란 들판에서 짐승 한 마리 떠메고 돌아오는 일
심장 따뜻한 짐승의 가죽을 벗기며
붉은 웃음으로 가족들의 안부를 묻고
일회성 삶의 지린내를 맡으며 오늘 밤의 포만으로
다시 기원후의 삶을 동굴 벽에 그려 넣으며
맨손으로 은행을 까는 일은
기원전 내 모습이 핏빛으로 물드는 일
퇴근길 은행나무 가로수 아래를 지나다가
은행을 밟은 채 버스에 올라탔을 때의 난감함
벽화에 다시 핏빛 노을이 번질 때
등 떠밀려 사냥터로 나가는 가장의 뒷모습
지린 은행처럼 창밖에는 사냥감 한 마리 보이지 않고
기원전의 생을 기억하는 일은 다시
맨손으로 익은 은행을 주무르는 일
화석이 된 가장의 일과를 동굴 벽에 그려 넣으며
어제의 포만을 기억하는 가족들의 흐뭇한 얼굴을 추억

하는 일

    은행나무 아래를 조심스레 걸어서 만원 버스를 타는 일

    기원전 내 생의 벽화가 희미해 가는 일

    은행나무 아래서 기원후의 나를 추억하는 일

섬사람의 편지

한양 땅을 떠나왔던가. 가족들은 두고 왔던가. 목숨을 배표 삼아 건너왔던가. 척박이라는 단어마저 고급스런 모슬포. 못살포, 못살포 한숨의 땅, 북향삼배 타는 마음 해배解配만 기다렸던가. 천 리 타향 디딘 이 땅에서 살아가는 이들은 눈에 들지 않던가. 그리움마저 가난한 섬사람들, 태생이 유배자인 사람들은 그대 저릿한 그리움으로 덮었던가. 무지한 섬사람들 깨우쳤다고, 성근 대 빗자루로 마당을 쓸듯 북쪽만 바라보며 가슴을 쓸었던가. 디딘 발 탐라 땅은 눈에 들지 않고, 물 건너 한양 땅만 밟히던가. 금잔옥대金盞玉臺 취기 어린 두 눈으로 이 땅에 먹물을 튀겼던가. 영혼도 날릴 만치 불어대는 바람에 부러진 소나무 화폭의 중심에 심어, 희생자 의식 키웠던가. 그 소나무 어느 땅에 자라는지 잊었던가. 해배 날 발을 헛디디며 배에 올라 꿈에도 떠올리기 싫은 죽음의 땅 휘어이 휘이 떠났던가. 그렇게 떠난 자리에 올해도 금잔옥대 피어나는데.

솜뭉치를 읽다

물은 젖은 기억으로 산다. 벽지와 장판 아래 고인 눅눅함이 꿈결까지 따라와 뚝뚝 젖은 몸을 안긴다. 눈을 뜨면 꿈이 흥건하게 젖어있다. 발걸음을 옮길 때마다 투명한 살점을 뚝뚝 떼어준다. 이미 너무 많은 눈물을 쏟았잖아. 바람에 내다 말리기도 전에 질척거리는 기억들은 구름으로 환생한다. 한 사람을 적시기까지 얼마나 많은 물기를 품어야 하는 걸까. 물은 이미 젖어있다는 기억마저 잊는다. 뜨겁게 사랑하는 순간에도 그림자로 남겨 놓은 축축한 이별을. 감전된 고통으로 잠깐씩 물기를 말린다. 점점 내 몸에서 빠져나가는 물기들. 물기를 품을 수 없을 때 잠이 쏟아진다. 물먹은 꿈처럼 밤새 내 창을 두드리는 젖은 그림자.

지지배배 뉴스

이른 아침 맬라니가 재잘거리네 이별을 당했다나 뭐라
나, 세상에서 가장 슬픈 일이 어쩌고저쩌고 지지배배 지지
배배, 해가 뜨지 않았어 바람이 불지 않았어 지지배배, 비
가 내리지 않았어 지지배배, 알람이 울리지도 않았어 지지
배배 지지배배, 옆집의 사나운 개도 짖지 않았어 매일 창가
에 와서 지지배배 재잘거리던 안개, 안개만 자욱했어 맬라
니는 끝날 것 같지 않은 노래를 주저리주저리 지지배배, 봄
이라고 생각했어 안개가 지지배배, 꼭 그만큼의 빠르기로
불러대고 있어 지지배배, 이런 날 아침은 불길해 지지배배,
안개 정국을 뚫고 때늦은 동백 한 송이가 피어있었어 지지
배배, 공천 결과에 불복한 지지배배, 여당의 지지자들이 지
지배배, 맬라니가 지지배배, 야당은 이에 대해 지지배배,
안개는 내 출근을 붙들고 지지배배. 지지배배

새는 화분처럼 조잘거리고

수업 시간 아이들에게 독서를 시킨다. 종잇장 넘기는 소리만 바스락, 책상도 의자도 입을 다물고, 난데없이 14번 아이의 의자 아래서 새가 운다. 누구야? 말하는 거? 아무도 입을 열지 않는다. 다시 5번 아이 책상의 나이테를 쪼는 소리 들린다. 22번의 책 귀퉁이에서 새순이 돋는다. 29번 18번 9번…… 순식간에 천장까지 자란다. 7번 아이 의자의 등받이에서도 직박구리가 운다. 이 녀석들, 진짜 혼나야 조용히 할래? 아무리 목청을 돋워도 새, 소리 그치질 않는다. 아이들은 그저 묵묵히 책장만 넘기고 있다. 창밖에는 구름이 떠가고 아이들의 머리 위에서 새, 소리가 들린다. 조용히 해, 조용히 하란 말이야. 아무리 소리 질러도 교실은 새, 소리만 가득하다.

마트료시카

내 안에 너를 가둬둘 수 없어
불면을 콕콕 쪼며 키보드를 두드리면
방 안에 수많은 마트료시카로 가득해
어둠 속에서 뭉클 만져지는 또 다른
이를테면 서둘러 학교로 달려가는
그래서 내일은 비가 오려나 봐
신조어와 표준어 사이를 서성거리다
우리는 서로 모르는 얼굴로 고개 돌리고
너무 많은 마트료시카가 나를 따라다녀
마당을 가득 채운 화분에 물을 뿌리면
비슷한 어깨들이 어둠 속에서 뒷담화를 하고 있어
마트에서 카트를 밀면서
여자의 무너진 아이라인을 훔쳐보는
죄 없는 꽃들이 어떻게 아름다울 수 있겠어
풀잎에 맺힌 이슬은 밤이면 더욱 관능적이야
비 내리는 창가에서 마스카니를 들으면
이제 막 옷을 벗은 뱀들이
킁킁거리며 나무 사이를 어슬렁거려
구석에서 먼지처럼 앉아있는 마트료시카
그래서 파꽃은 하얗고 둥글게 피나 봐

별빛 소곡素曲

귤나무는 제 속에서 별 하나씩 꺼내어 가지에 건다.
바람 불 때마다 반짝 비치는 별빛,
그 빛에 집으로 가는 골목이 잠깐 밝아진다.
귤밭 사잇길, 별이 없이도 별빛 가득한
집으로 가는 길, 골목에 들어서면
널 닮은 귤꽃 내음이 났다.
옆집 누이 경순이, 별빛을 따라 집을 나갔다.
별 없는 밤이 지나고 나서
배 속엔 자꾸만 별빛이 차올랐다.
새하얀 별빛으로 가득한
밀감밭 곁을 지날 때, 처녀들아
귤꽃을 조심하거라,
어느 날부턴가 어른들은
하나둘씩 귤나무를 베기 시작했다.
뚫린 자리마다 별빛이 반짝였다.
떨어진 별빛이 끙끙 앓는 소리로 마을은
쉽게 잠들지 못한다.

충고

나에게 가는 길은 늘 찬란하거나 어두웠다.

내일은 뭘 하지, 내일은. (사이) 쓰러진 나의 20대를 일으켜 뭐라고 말하지, 비틀거리는 50대가 흔들렸던 20대에게 무슨 말을 하겠어. (암전) 갈등하는 사이에 덤프트럭 한 대가 지나갔어. 라일락 한 송이가 떨어지고. (사이) 꽃이 지고 난 뒤에 햄릿이 등장하는 거야.

내 안의 핀 라일락에게 술 한 잔 권하고, 아니야, 잎이 지고 나서 오필리아. 아니야, 꽃이 지고 나면 '나를 기억하라', 목소리가 들리는 거야. 아니야. (긴 사이) 트럭에 햄릿을 가득 실은 20대가 지나고, 길고양이 울음소리는 자꾸 유혹하고,

나에게 가는 길은 이렇게 휘청거리는 눈물이야.

담뱃갑 위의 목캔디

현관 앞 제비 집, 단음절로 세상을 읽어가는 새끼들을 두고 엄마는 어디로 갔을까. 난데없이 소리소리 지르는 옆집 개, 제법 세상을 살았노라 줄줄 문장으로 짖어대는. 포클레인이 헤집어놓은 건너편 언덕바지, 수많은 개미굴에 스미는 햇살. 일요일마저 엄마는 어디로 갔을까. 두 달째 비가 내리지 않는다. 짓다 만 집은 언제 짓나. 자욱하게 불어대는 미세 연기, 퀴퀴한 목젖은 풀리지 않고, 엄마는 어디로 갔을까. 오가는 사람들의 따가운 시선, 문장이 되지 못하는 울음, 꿈과 먼지의 나날들. 재개발 바람에 위태로운 현관, 짖어야 할 때 짖지 않는 아침 개, 엄마는 도대체 어딜 간 걸까?

이것은 파이프가 아니다[*]

1. 관管

수돗물이 나오지 않는 아침,
민얼굴로 거울 앞에 서있다.
간밤 쓰러진 남근男根은 일어설 줄 모르고,
영하로 내려간 수은주는 일어설 줄 모르고,
물이 내려가지 않는 좌변기 앞에서
꽉 막힌 생리현상을 견디고 있다.
변비도 아닌 것이, 이렇게 내 몸의 한쪽을
수도관이 얼면서 내 몸도 함께 얼어가는 것일까.
입에서 항문까지 하나의 관으로 되어있는 몸
그 중간이 막혀 하루를 시작하지 못하는,
눈을 퍼다가 물을 만드는 중이다.
불꽃으로 만드는 물.
서서히 녹다가 끓어오르는 생生을 꿈꾸는 아침.

2. 여자를 연주하다

태어나서 처음으로 긴 키스를 해보았다는 여자,
흡연 경력 30년, 능숙한 입술로
그녀의 입을 아무리 빨아도 시원스레 연기가 나오지 않는다.
마그리트도 그랬을까.

그림 속 파이프를 빨 수도 없지만,
아무리 빨아도 연기를 만들 수 없는 파이프.
그녀의 몸도 연기를 만들 수가 없다.
그녀의 입으로 들어간 입술이
출구를 찾지 못하는 고백, 나의 입술이.

3. 색소폰
허리띠 끝을 물고 색소폰 연주하는 시늉을 하던 그가
노래를 부른다. 노래를 부르는 것이 아니라, 노래, 부른다.
마이크를 뜯어 먹을 듯이 노래, 부르던 그가
갑자기 눈물을 흘린다.
노래를 노래할 때에는 노래가 아니라서
그가 부르는 노래는 노래가 아니라서
노래를 부르던 그가 흘리는 눈물이 음표가 되어
노래방 구석구석을 적신다.
그의 입에서 눈에서 쏟아지는 음표들을 모아
다시 노래가 아닌 노래를 부른다.
훌륭한 가수입니다.
기계가 문득 그의 뒤통수를 쓰다듬는다.

\>

4. 마른장마

비, 가 내리지 않는 장마철을 견디는

화분에 심긴 화초들의 퀭한 표정을 본다.

하늘만 바라보다가 말라가는 생生이

지하철 계단에 쪼그린 채 잠이 든

노숙 10년 차 김 씨의 머리 위로

소낙비, 같은 파리 떼 웅웅

지하도 끝까지 이어진 그의 꿈속을 적시는

파리 떼의 비행, 말라가는 그의 생生 위로

비, 가 내린다.

축축한 지하도에 비가悲歌 내린다.

---

* 〈이것은 파이프가 아니다(Ceci n'est pas une pipe)〉: 르네 마그리트의 그림
  제목.

클림트 속에서

점으로 선으로 물감으로 동영상 말고 정지된 이미지로 딱 그 순간 멈춘 그 순간만큼만 움직이지 말고 웃지도 말고 울지도 말고 점으로 선으로 사라 바렐리스의 비트윈 더 라인즈*가 흘러주면 더할 나위 없이 좋고 행과 행 사이가 색깔로 펄럭이는 가을 그녀는 끊임없이 노래하고…… 기억은 잔인하죠…… 더 좋을 수도 있는 시간을 배경으로 깔고 공간적 배경은 알지 못할 먼 이국의 낙엽 지는 공원쯤으로 꿈에도 몰랐던 그녀와 큼지막한 낙엽이 지는 공원 벤치 그 옆에 반라半裸의 여인이 바보처럼 생긴 강아지 한 마리 끌고 지나가고 점으로 선으로 색으로 떨어지는 순간 입을 맞춘 채 얼어서 얼어붙어서…… 기억은 잔인하죠…… 한 소절에서만 도돌이표 황금빛으로 빛나는 키스는 딱 그 지점에서 다시 도돌이표 무한 반복 점으로 선으로 금으로 울리는…… 기억은 잔인하죠…… 건너편에서 이쪽을 향해 손을 흔드는 점으로 선으로 숨이 멎을 듯한 침묵으로

* 사라 바렐리스의 비트윈 더 라인즈: Sara Beth Bareilles의 노래, 〈Between the Lines〉.

애월涯月 바닷가

개처럼 내 발가락부터 핥기 시작했다. 점점 발등을 핥고
올라왔다. 끈적한 침이 내 생각을 말린다 바삭바삭 비스킷
처럼 부서진다 걸터앉은 바위가 움찔, 끈적한 침이 어제의
입술로 튀었다. 개처럼 학, 학, 학, 거리다가 바윗등에 걸
터앉아 꿈틀거리며 머리채를 잡아당긴다. 비릿한 내음이
코끝을 자극했다. 사랑이 그렇게 말라갔다. 끈적하게 달라
붙은 포말들이 네가 뱉은 혀처럼 말라갔다. 속삭이던 파도
가 침묵하면서 바다는 점점 모래 안으로 얼굴을 파묻었다.
버려진 슬리퍼 한 짝이 밤마다 벌떡 일어나 달빛을 삼키곤
했다. 창백한 달이 어느 날부턴가 아가미가 돋고, 지느러미
가 생기고, 온몸이 비늘로 덮였다. 내 몸에서 비릿한 달빛
이 흐르기 시작한 것은, 애월에서부터였다.

조등弔燈처럼 피어나는 꽃

차성환(시인, 문학박사)

　변종태 시인은 소소한 일상 속에서 어떤 기억이 불현듯 침입하는 순간을 마주한다. 일상의 시간을 중지시키고 범람해 오는 그 기억들은 개인적 경험에서부터 역사적 사건에 이르기까지 다양하다. 과거의 기억과 미래의 예감이 충돌하면서 새로운 시공간이 열리고, 비로소 그의 시詩가 맺힌다. 그는 전혀 다른 시간대에 머물고 있다. 불가항력적으로 밀려드는 기억이 망각과 일상의 시간을 뚫고 지금 삶의 한복판에 틈입한다. 과거의 일들은 지나간 것이 아니라 시간의 더께 밑에 잠들어 있는 것이다. 언제든지 일상의 수면 위로 떠오를 수 있는 그 기억들은 우리를 흔들어 깨우고 어디론가 데려간다. 그것은 결코 종결되지 않았다는, 기억에 대한 요구이다. 무언가가 일상에 잠든 '나'를 호출하고 대면하기 힘든 진실 앞에 이르게 한다.

난지도 새 이름 하늘공원에

만발한 억새풀 사이 걷다 듣는다.

귀에 익은 종소리, 물 건너 제주에서 듣던 그 종소리,

바람 불 때마다 딱 한 번만 들려주는 소리,

무자년 분홍 종소리 여기서 듣는다.

부끄럼에 상기한 볼, 아니란다.

억새 뿌리에 몸을 감춘 채

살아야, 살아남아야 했던 이유 있었단다.

잎사귀 같은 남편 산으로 가 소식 끊기고

돌배기 딸년의 울음소리 데리고 찾아 나선 길,

어디서 시커먼 그림자 서넛이

휘릭 바람을 타고 지나칠 때

아이의 울음 그러 막으며 억새밭에 납작 엎드린 목숨,

이제나저제나 수군거리는 소리 잦아들까.

틀어막은 입에서 새던 가느란 숨소리마저 잦아들고

붉게 상기한 볼, 딸아이 가슴을 텅텅 치며

목 놓아 부르던 딸아이 이름,

야고야 야고 야고.

핏빛 물든 억새 밑동에 몰래 묻어야 했던 분홍 종소리,

오늘 여기서 듣는다.

서울 복판 하늘공원 발그레 울려온다.

—「하늘공원 야고」 전문

시인은 "하늘공원"의 "억새풀 사이"를 걷다가 "물 건너 제
주에서 듣던" "야고"의 "종소리"를 듣는다. "야고"는 제주도

한라산 등지의 억새밭에서 나는 일년생 기생식물로, 분홍빛 종 모양의 꽃을 틔운다. 그런데 어떤 연유에서인지 이곳 서울의 "하늘공원"에 핀 것이다. 아마도 "억새풀"이 제주에서 서울로 옮겨 오면서 "야고" 씨앗이 묻어왔을 것이다. "하늘공원"에 핀 "억새풀"의 정취를 즐기기 위해 온 여느 사람들에게는 "야고"의 분홍빛이 "부끄럼에 상기한 볼"로 비유될지도 모른다. 하지만 '나'에게는 "귀에 익은" 그 "종소리"가 예사롭지 않다. "무자년 분홍 종소리"에는 "야고"가 "억새 뿌리에 몸을 감춘 채" 기생하면서 살아가야 할 수밖에 없었던, 가슴 아픈 이야기가 숨겨져 있기 때문이다.

이 시의 "제주"와 "무자년"이란 시어는 1948년 곧 제주 4·3 사건을 떠올리게 한다. 제주 4·3 사건은 1947년 3월 1일부터 1954년 9월 21일까지 남조선로동당 무장대와 국군, 미군정, 경찰, 서북청년단이 서로 충돌하는 과정에서 무고한 제주도민들이 억울하게 희생당한 사건을 말한다. 특히 무자년戊子年인 1948년 4월 3일에 대규모 소요 사태가 일어나고 그해 11월에 민간인 학살이 대대적으로 자행되면서 오늘날에 이르기까지 대한민국 근현대사에 있어서 끔찍한 사건의 현장으로 기록되어 있다. "잎사귀 같은 남편"은, 1948년 4월 3일에 벌어진 남로당의 무장봉기 여파로 산에 숨어 들어간 남편을 지칭하는 것으로 보인다. 여인은 소식이 끊긴 "남편"을 찾기 위해 "돌배기 딸년"을 데리고 나섰다가 토벌대의 "시커먼 그림자 서넛"을 만나게 된 것이다. 민간인을 무자비하게 학살하는 토벌대에게 발각될까 봐 "아이의 울음"을 손으로 틀어막은 채 "억새밭에 납작" 엎드린 여인의 모습은 당시의 긴박한 상황을 잘 전해 주고 있다. 이윽고 토벌대가 떠난 후 여인은 품 안에서 숨을 쉬지 않는 "딸아이"를 발견하고 아이의 이름을 "목 놓아 부"른다. 그 "딸아이"의 이름이 바로 "야고"이다. 황혼 무렵인지 "핏빛"으로 "물든 억새 밑동"에 죽은 딸아이를 몰래 묻어야만 했던 여인의 심정은 어떠했을까. 이는 제주의 한 여인이 겪은 개인사적 비극에만 머무는 것이 아니라 민족상잔民族相殘의 참혹한 실상이자 역사적으로 지울 수 없는 끔찍한 상처로 남아있다. 우리는 이 "야고"의 진실 앞에서 숙연해질 수밖에 없을 것이다.

"난지도"가 "하늘공원"으로 이름이 바뀐 것처럼 긴 세월이 흘러 제주 4·3 사건은 이제 지나간 먼 옛날의 이야기 같지만, "무자년 분홍 종소리"는 지금도 우리 곁에서 생생하게 들려온다. "야고"가 분홍빛을 띤 이유는 흔히 비유하듯 아름다운 꽃의 "부끄럼에 상기한 볼"이 아니라 아이의 입이 틀어막힌 채 볼이 붉게 물들어 죽음에 이르렀기 때문이다. "야고"는 슬픈 역사의 산 증인처럼 그곳에 피어있다. '나'는 차마 눈 뜨고는 그 얼굴을 마주할 수 없다는 듯이, 대신 귀를 기울여 '듣는다'. "야고"가 "억새 뿌리에 몸을 감춘 채" 기생하는 몸으로라도 "살아남아야 했던 이유"는 바로 피로 물든 이 시대의 비극을 후대에 증언하기 위해서이다. 서울의 "하늘공원"에서 여유롭게 산책을 할 수 있는 지금의 시간은 한민족의 고통스러운 기억 위에 세워진 것이다. 쓰레기 산이었던 "난지도"를 흙으로 덮은 것처럼 이 시간의 지층 밑에는 "핏빛"으로 얼룩진 울음이 잠들어 있다. 시인은 황혼녘 "하늘공원"의 억새풀 사이에 핀 "야고"의 "분홍 종소리"를 들으며 지나간 시대의 아픔을 환기하고 있다. 그는 일상의 시간 속에서 잊혀 가는 시대의 고통스러운 기억을 끊임없이 되새김질하고 아파한다.

「하늘공원 야고」는 제주 4 · 3 사건을 "야고"라는 꽃에 얽힌 이야기를 통해 들려줌으로써 그 역사적 비극을 구체적이고 실감나고 호소력 있게 형상화한 보기 드문 수작秀作이다. 가을의 억새풀 사이에 핀 "야고"의 분홍 꽃 이미지는 한반도에서 좌우익 이데올로기의 논리에 따라 권력자들의 총칼에 희생당한, 순수하고 무고한 민중의 모습을 효과적으로 드러내고 있다. 꽃 이름으로부터 유래된 설화를 통해 민중의 한恨을 들려준다는 점에서, '오랑캐꽃'(원래 제비꽃인데 오랑캐의 뒷머리 모양과 닮았다 해서 오랑캐꽃이라 이름 붙였다 함)을 통해 한반도 북쪽 지역에서 대대로 지배층에게 수탈당한 연약한 식민지 민중의 형상을 담아낸 이용악의 시 「오랑캐꽃」을 연상시킨다. 또한 1947년 봄, 십여 명의 사람들이 목숨을 걸고 남북의 경계선인 황해도 해주의 용당포를 배로 건너다가 우는 영아嬰兒를 수장水葬할 수밖에 없었던 일화를 담고 있는, 김종삼의 시 「민간인」을 떠올리게 한다. 그의 시는 아직도 현재진행형인 그 시대의 역사적 참상과 희생자들을 잊지 않겠다는 선언에 가깝다.

무표정한 얼굴로 설익은 밥알을 씹는다.
보배섬을 옆구리에 끼고 제주를 향하던 아이들의
재잘거림을 이명처럼 들으며
우린 어떤 언어로 노래해야 하는 걸까.
어떤 표정으로 바다를 바라다보아야만 할까.
초속 2미터의 물살도 법전法典의 책장은 뜯어 가지 못하고
푸르게 어린 얼굴들만 쓸어 가던 그해 사월
우울한 해도海圖를 펼치면 삼삼오오
가방을 지고 교문을 나서는 아이들의 모습,
아이들의 가방에서 우우우 쏟아지는 바다,
흐린 바닷물에 희망이라고 썼다가 지우고
가망이라고 썼다가 지우고
기다림이라 썼다가 지우고
절망이라는 글자만 물 위에 둥둥 떠다녔다
야간자율학습 마치고 가로등 꺼진 골목을 들어서던
부풀었던 꿈과 희망이 우리 앞에 널브러질 때,
입안에서 울려오는 해조음海潮音을 들으며
서걱이는 모래 알갱이를 씹는다.
툭툭 튀어나오는 방울, 물방울, 눈물방울들.
—「우울한 해도海圖」 전문

「우울한 해도海圖」는 4·16 세월호 참사에 희생당한 아이
들을 추모하는 시이다. 4·16 세월호 참사는 2014년 4월 16
일, 인천에서 제주로 향하던 세월호 여객선이 진도 부근에
서 침몰하면서 승객 300여 명이 죽거나 실종된 사건이다.

희생자들은 대부분 안산 단원고 학생들이었다. 아도르노가 '아우슈비츠 이후 서정시를 쓰는 것은 야만이다'라고 말한 것과 마찬가지로 세월호 참사 앞에서 시인은 이제 "어떤 언어로 노래해야 하는"지를 자문한다. 무엇으로도 이 죽음을 위로할 수 없다. '나'는 차가운 바닷물에 묻혀 미처 꽃피지 못한 이 아이들을 마주할 수 있는 "어떤 표정"도 지을 수 없다. 세월호 이후에 우리의 삶은 정상적이지 못할 것이다. 이 시의 '나'는 "제주를 향하던 아이들의/ 재잘거림을 이명처럼" 듣고 "무표정한 얼굴로 설익은 밥알을 씹"으며 일상을 살아간다. 환상처럼 "가방을 지고 교문을 나서는 아이들의 모습"이 보이고 그 "푸르게 어린 얼굴들"이 바다에 쓸려가는 장면이 반복되는 것이다. 아이들의 구조를 기다리면서 "희망"이 "가망"으로, "가망"이 "기다림"으로, "기다림"이 "절망"으로 바뀌었던 고통스런 시간들이 다시 재생된다. 살아가기 위해 먹는 "밥알"도 부끄러울 뿐이다. "밥알"은 "서걱이는 모래 알갱이"가 되어 죽은 아이들이 아프도록 씹히는 것이다. 그 가엾은 죽음을 어쩌지 못한다. 이 시에는 깊은 바다에서 울려오는 "해조음海潮音"처럼 먹먹한 슬픔이 가득 출렁거린다. 주체할 수 없이 "튀어나오는" "눈물방울"에는 시인의 슬픈 자화상이 또렷하게 맺혀 있다.

시인은 어떤 의미에서 영매靈媒이지 않을까? 기억에서 잊히고 억압받고 소외된, 이제는 누구도 돌보지 않는, 망각이라는 죽음에 의해 스러진 존재자를 눈앞에 불러내고 그의 목소리에 귀를 기울인다. 모두에게 잊힌 역사적 사건 속에서 고통받았던 누군가의 기억이 '나'를 찾아오고 '나'는 순간 그의 삶을 살아낸다. '나'의 삶이 다른 이의 생生과 겹쳐지면서 그 기억은 '나'의 기억이자 '너'의 기억이며 동시에 '우리'의 기억이 된다. 그의 시는 제주 4·3 사건과 세월호 참사와 같은 역사적 사건을 빌미로 정치적 발언을 하는 자들을 부끄럽게 한다. 말로만 아픔을 얘기하는 자들의 입을 다물게 한다. 우리의 곁에서 힘없이 스러진, 기억되지 않는 타자를 호출하고 그들의 이야기를 듣는다. 이 땅에 벌어진 참혹한 고통을 기억한다. 그의 시가 가진 윤리적인 지점은 섣불리 자신의 아픔을 내세우지 않는다는 것이다. 타자가 마음대로 몸을 부릴 수 있는 시의 공간을 열어놓는다. 타자가 자신의 목소리로 충분히 말할 수 있도록 자신은 그 뒤에서 기다린다. 쉽사리 너의 고통을 이해한다고 말하지 않고 함부로 화해를 종용하거나 끌어안지 않는다. 이 거리가 그의 시를 더 아프게 만든다. 그의 시에는 먼 곳에서 오는 아련한 통증이 있다. 슬프지만 따듯하다.

특히 제주의 4월을 기리는 헌시獻詩들이 유독 눈에 띈다. 제주 4·3 사건이라는 공적公的 기억을 환기시키고 그 역사의 통점痛點을 절실하게 짚어내면서 치유를 기원하는 시편들은 우리에게 큰 감동과 울림을 선사한다. 시인은 "사월이면 제주에 목련이 피는 이유"를 살피고 그 목련이 "꽃잎 한 장씩 열릴 때마다 아물어가는 제주의 아픔"을 감각한다. "육십여 년 전 광풍狂風에 허망하게 떨어지던 목련 꽃잎"에 가슴 아파하고 "역사는 기억도 못 하는 당신들의 이름을"

(「목련 봉오리로 쓰다」) 하나씩 호명한다. "무자년 봄바람에 소리 없이 떨어지고/ 역사의 구석쟁이로 끌려가던 푸른 낙엽들", 그 "초록이 가시지 않은 채 떨궈버린/ 가슴 아픈 영혼이 있다는 것"(「푸른 낙엽의 역사를 읽다」) 기억한다. 그에게 "계절은 통증으로 온다"(「가화假花」). 그는 "이미 너무 많은 눈물을 쏟았"(「솜뭉치를 읽다」)지만 "아무렇지 않은 표정으로 살아남은 사람들을 위로하고"(「나무가 자란다」) 보듬어 안는다.

변종태 시인은 제주 4 · 3 사건과 4 · 16 세월호 참사와 같이, 역사에 지울 수 없는 상처로 고통스러워하며 공적公的인 애도를 수행한다. 모두가 이미 지나간 일로 치부하고 덮어버리려고 할 때 그것을 잊지 않고 기억하며 끊임없이 현실에 환기시키는 것이 바로 시인의 윤리일 것이다. 그 죽음을 떠올리는 것은 너무나 고통스럽기에 외면하고 싶지만 시인은 끝까지 역사의 진실 앞에 눈 돌리지 않고 그것을 직시하고 결코 잊어서는 안 되는 죽음이 여기 있다고 증언한다. 이는 머리에서 나오는 것이 아니라 가슴에서 나온다. 어쩔 수 없이 터져 나오는 울음에서부터 시작된다. "나에게 가는 길은 이렇게 휘청거리는 눈물이야"(「충고」). 시집 전체에 감지되는 슬픔의 정서는 아마도 시인이 생래적으로 타고난, 사라지는 것들에 대한 예민한 감각에서 비롯된 것이리라. 그는 위의 시편들과 같은 역사적 참상만 다루는 것이 아니라 우리가 일상에서 겪을 수 있는 죽음에 대해서도 조심스럽게 다가간다.

봄과 여름 사이 하얗게 그려진 횡단보도
중간중간 씨앗이었을, 새싹이었을, 꽃잎이었을,
무늬가 새겨져 있다. 스키드마크가
그려진 지점의 끝에 떨어진 꽃봉오리
아직 피지 않은 계절이 뒹굴고 있다.
중학교 일 학년이라던 경아,
봉오리처럼 입을 다문 채 횡단보도에 떨어진,
아니, 상상하지 말자.
봄에 피어나 여름을 건너 가을이면 튼실한 씨방에
열매를 맺을 꽃이라 생각하자.
횡단보도에서, 아니 꽃샘바람에
봉오리째 떨어졌다는 상상은 하지 말자, 이건
아니다, 아니다, 상상하지 말자.
시詩에서라고 어린 목숨 죽이는, 죽는 상상
비현실적이라는 말은 너무나 현실적이니까
떨어진 봉오리 꽃잎일 뿐이라고
상상이라고, 상상일 뿐이라고 부정해 봐도
아직 피지 않은 채 떨어진
저 순정한 봉오리.

—「상상금지」 전문

'나'는 "횡단보도" 근처에서 한 죽음을 기억한다. "횡단
보도"는 "봄과 여름 사이"에 벌어졌었던 교통사고의 현장
에 영원히 붙들려 있는 듯하다. "스키드마크" 끝에 쓰러진
"중학교 일 학년이라던 경아"는 "꽃봉오리"도 피우지 못하

고 영영 사라져 버렸다. '나'는 자꾸만 떠오르는 그 기억을, 그 사건의 현장을 상상하지 않으려고 하지만 "경아"의 죽음은 자꾸 머릿속에서 재생된다. "시詩"를 쓰기 위해서라고 하더라도 "어린 목숨"이 죽는 모습을 상상하는 것은 두렵고 끔찍한 일이다. '나'는 "경아"의 죽음을 끝까지 "부정"하려고 하지만 눈앞의 "횡단보도"에는 "아직 피지 않은 채 떨어진/저 순정한 봉오리"의 형상으로 선명하게 남아있다. '나'는 어린 여학생이 안타깝게 목숨을 잃은 "봄과 여름 사이" 그 계절에 놓인 "횡단보도"에서 좀처럼 벗어나지 못하고 있는 것이다. 평생에 지울 수 없는 슬픔이 가슴 깊이 화인火印처럼 남아 아련하다. 그리고 "횡단보도"에 멈춰 섰던 시인은 이제 한 그루의 "늙은 벗나무" 앞에서 누군가를 추억한다.

라이터 불꽃 튀듯 벗꽃 핀다, 오늘 밤

문밖에 서있는 늙은 벗나무,

줄담배를 피우며 누구를 기다리는지.

연거푸 불을 켜대는 가슴 아린 봄,

아버지 가시던 날도 저리 불꽃이 튀고, 저 나무에

마을 남정네들 돼지를 매달았다.

버둥거리던 돼지의 몸뚱이 따라 흔들리던 저 벗나무,

그 힘으로 피어나던 불꽃,

어머니의 방 앞에서

오늘도 무수한 불을 켜대는,

줄담배를 태우시는 아버지.

—「벚꽃 아버지」전문

시인은 아버지의 죽음을 애도하고 슬퍼한다. "아버지"는 "벚꽃"이 피는 봄날에 돌아가셨나 보다. "문밖에 서있는 늙은 벚나무"는 "아버지"의 죽음을 환기시키는 대상물이다. 아버지의 장례를 치르면서 "마을 남정네들"이 "돼지"를 잡기 위해 "벚나무"에 매달았던 풍경이 눈에 선하다. "돼지"가 살기 위해 "버둥거리"고 "벚나무"는 그 "돼지의 몸뚱이"를 따라 흔들린다. 그렇기에 "벚꽃"은 생生과 사死의 팽팽한 긴장 속에서 흔들리는 "그 힘으로" "불꽃"처럼 피어난다. 무수한 "불꽃"("벚꽃")을 달고 있는 "벚나무"는 생전에 "줄담배를 태우시는 아버지"의 형상으로 아른거린다. 매년 봄이 오면 저 "벚나무"에는 "라이터 불꽃 튀듯이" "벚꽃"이 피고 '나'는 돌아가신 "아버지"가 떠올라 "가슴"이 몹시도 아릴 것이다.

이번 시집에는 타자의 죽음을 애도하는 시편들과 더불어 자신이 몹시도 앓았던 청춘과 사랑의 기억을 눈물겹게 떠나보내는 작품들도 실려있다. 시인은 "삶도 죽음도 적당히 남겨 둔 오십 대를 앞에 두고"(「오! 십 대」) 자신이 지나온 삶을 반추하고 잃어버린 것을 추억한다.

아까시나무 잎사귀에서 너를 읽는다. 한 잎 한 잎 따내

면서 중얼거린다. 네가 온다, 너는 오지 않을 것이다, 비가
그칠 즈음 아니다, 잎자루 끝에서 파르르 떨던 아까시나무
잎사귀, 네가 진다, 아니다, 너는 생생하게 차오를 것이다,
그 가느다란 떨림으로 지구가 돈다, 손끝이 조그맣게 떨렸
을까, 잡은 손에서 가지가 돋는다, 아니 버스가 떠나간다,
내 생이 그렇게 떨렸던 것도 같다. 그렇게 쉽게 오지 않는
것이 버스라고, 아니다, 아까시나무꽃이 질 무렵, 네가 저
문다, 아까시나무 잎사귀에 새겨진 생의 밀도密度를 읽으려
던 시절, 아니다, 대합실 밖에서 내 생보다 훤칠하게 자란
아까시나무가 운행 시간표를 내려다보고 있다. 너의 손금
을 읽는다, 사랑한다, 너라는 나를.

—「한 잎의 운명」 전문

　사랑하는 누군가를 기다리는 중이었을까. 아까시꽃이 필
때 다시 만나기로 했을까. 이별을 할 때 훗날 재회하기로
약속을 하고 헤어지는 연인들도 있다. 어떤 이유인지 모르
겠지만 「한 잎의 운명」의 '나'는 "버스" "대합실"에서 "아까
시나무 잎사귀"를 "한 잎"씩 "따내"며 "네가 온다", 안 온
다, 점을 치고 있다. 이것은 '너'를 기다리는 일이 무엇보
다도 간절했기에 "아까시나무 잎사귀" 하나에 모든 걸 걸고
"생의 밀도密度를 읽으려던 시절"의 이야기이다. '나'는 어떤
사랑의 가능성으로 "잎자루 끝에서 파르르 떨던 아까시나
무 잎사귀"처럼 "내 생이 그렇게 떨렸던" 시절을 끄집어낸
다. "아까시나무꽃"이 지고, 해가 저물어도 쉽사리 터미널
을 떠나지 못한 채, "운행 시간표"를 내려다보는 "아까시나

무"로 우두커니 남아있는 '나'의 모습은 쓸쓸하고 애틋하다.
사랑이 떠나갔던 애월의 바닷가를 묘사하고 있는 시 「애월涯
月 바닷가」에서처럼 시인은 이제 되돌릴 수 없는 지나간 삶
의 순간들을 소중하게 추억하고 있다.

　시집 『목련 봉오리로 쓰다』에는 일상의 소소한 풍경들이
자주 등장하지만 그 기저에는 도저한 슬픔의 정서가 자리
잡고 있다. 살아남은 자의 슬픔이라고 말할 수 있을까. 일
상의 예상치 못한 순간에 울음이 터져 나온다. "참았던 울
음의 솔기가 뜯어지기 시작한다"(「툭,」). 미처 발화되지 못
한 말들이, "문장이 되지 못하는 울음"(「담뱃갑 위의 목캔디」)들
이 시의 행간 사이에 고인다. 시인은 죽은 자들을 향한 어
떤 책임감으로 일상을 '살아낸다'. 그들이 못다 이룬 생生을
눈부시게 살아내며 그 일상을 시詩로 기록한다. 그의 시 쓰
기는 죽은 이들을, 그리고 삶의 강렬했던 순간들을 기억하
고 잘 떠나보내고자 하는 애도의 한 형식이다. 그는 스스로
감정적 과잉에 빠져 허우적거리지 않는다. 그의 시편들은
감정과 언어를 철저하게 통어統御하는 가운데에서 결코 지
나치지 않는 애이불상哀而不傷의 미덕을 견지하고 있다. 이
슬픔의 감각은 타자의 고통과 연대하고 있기에 더욱 귀하
다. 그의 시는 "조등弔燈처럼 피어나는 꽃"(「사월, 그 나무」)이
다. 정결하다 못해 아름답다. 그의 슬픔은 마르지 않을 것이
다. 그의 시는 오랜 시간 우리 곁에서 "피고 지기를"(「花르
륵」) 반복할 것이다.